AF321281

AUX BERGERS DE LA CRÈCHE

par M. du Breil De Marzan.

AUX

BERGERS DE LA CRÈCHE

Chanté dans l'intérieur du Carmel de Saint-Brieuc

Le jour de Noel 1875

par R^{de} Mère Madeleine-Angéline, née du Breil de Marzan,

et quelques-unes de ses sœurs en religion.

I

Air : *Petit oiseau...... que chantes-tu?*

Bergers, puisque la nuit fut belle,
Puisque vous avez entendu
Proclamer la *bonne nouvelle*,
Et que vos cœurs ont répondu,
Venez voir le Roi tout aimable
Qui vient de vous naître aujourd'hui.
Vous êtes chez vous dans l'Étable,
Sous votre toit il est chez lui !

Le Roi, couché sur l'humble dalle
De ce palais inenvié,

N'est point la *pierre de scandale*
Qui fera trembler votre pied.
C'est une grotte inhabitable
Qui cache son divin anneau ;
Comment aurait-il fui l'Étable,
Puisqu'il est lui-même un Agneau ?

Celui que des voix éclatantes
Acclament partout, jour et nuit ;
Celui qui, là-bas, sous vos tentes,
Vous a fait entendre, à minuit,
Le cantique de ses beaux anges,
Veut ce matin, divin oiseau,
L'humble chanson de vos mésanges
Pour l'endormir dans son berceau [1].

Il vient vous demander asile,
De l'hôtellerie éconduit ;
Chez vous il élit domicile,
Il se fait votre hôte aujourd'hui.
Avec vos chants, avec l'hommage
De l'amour et de la ferveur,

---

[1] A la reprise en chœur, on doit dire ainsi les quatre derniers vers de cette
strophe :

> Après le chant de ses beaux anges,
> Il attend, — ce divin oiseau, —
> L'humble chanson de vos mésanges
> Pour l'endormir dans son berceau.

Offrez le miel et le fromage
Au premier repas du Sauveur !

Laissez les mondaines parures
A ceux qui n'ont point d'autres droits ;
Sur le velours et les fourrures
Laissez naître les autres rois !
Pour vous, si votre cœur tressaille
En reconnaissant ce doux lieu,
Apportez la mousse et la paille,
Qui suffisent au Fils de Dieu !

II

AIR : *Gardez-nous bien, Vierge Marie.*

Quand le Maître, écartant ses voiles,
Veut réunir, au haut des Cieux,
Sa cour de mondes et d'étoiles
Éclos d'un regard de ses yeux,
Les rois des célestes phalanges
La lui présentent à genoux ;
Mais quand il veut avoir des langes,
Il vient les recevoir de nous.

Car le Fils de l'humble Marie,
Maître des temps et du trépas,

Là-haut gouverne et chez nous prie ;
Il reçoit l'aumône ici-bas.
Quand il est le Roi qui commande,
Il est magnifique entre tous ;
— Quand il est le Dieu qui demande,
Il est si tendre, il est si doux !

Bientôt il remplira vos granges
Du pur froment qu'il a promis ;
Il choisira ses meilleurs anges
Pour garder ses nouveaux amis.
Il fera verdir ses ombrages
Pour vos troupeaux de la hauteur.
Il connaît les bons pâturages,
Lui, qui sera le *bon Pasteur*.

III

Air : *Dans ce triste pèlerinage.*

Portons les sarments et le tremble
Au feu de notre petit Roi ;
Je ne veux pas que sa main tremble
Et qu'il souffre avec nous du froid !
— Moi qui suis la faiblesse même,
Qui m'eût dit qu'il était un lieu
Où j'aurais la douceur suprême
De réchauffer un jour mon Dieu !

Conservons bien la belle flamme
Qui va réjouir ce séjour ;
Elle naît pour échauffer l'âme,
Elle naît pour donner le jour.
Pour fêter la douce lumière
Que nous apporte Emmanuel,
Un jour aussi, toute chaumière
Aura sa *bûche de Noël*.

Bergers, le Dieu qui, sous le chaume,
Fut enrichi de vos présents,
Aimera son nouveau royaume
Et bénira ses courtisans ;
Et puis, pour gagner votre cause,
Pour achever de conquérir,
Il ne voudra plus qu'une chose :
Prendre votre croix et mourir !

IV

Air de la Juive. — *Romance.*

Mais quand ce berceau, qui chancelle,
Pour aller sauver les pécheurs
Deviendra l'auguste nacelle
Que monteront *douze pêcheurs,*

Jésus restera l'un des vôtres,
Vous ne serez point étrangers;
Il appellera ses *Apôtres*
Sans congédier ses *Bergers*.

Le toit du Pasteur charitable
Ne sera plus abandonné;
Vos fils habiteront l'Étable
Après le divin nouveau-né.
Les orphelins sans domicile
Le soir y seront bien reçus;
La Crèche deviendra l'asile
Des petits frères de Jésus.

L'arbre de la sainte famille,
Un jour, paré de ses couleurs,
Couvrira le fils et la fille
De sa chevelure de fleurs.
Béni par la douce Madone,
Il produira, pour les berceaux,
Les laines que la brebis donne
Et le blanc duvet des oiseaux.

Car, déjà fort autant qu'aimable,
Jésus, de son doigt immortel,
Prend une pierre à son Étable
Pour fonder son divin autel,

Puisque, nous dévoilant ses charmes,
Ce Roi, sous la paille abrité,
De la première de ses larmes
A fait naître la charité !

V

MÊME AIR.

Bergers, à jamais, chaque année,
Vous aurez la place d'honneur
Lorsque reviendra la journée
De la naissance du Seigneur.
Il fera chanter vos louanges,
Avec son plus joyeux noël,
Par les enfants et par les anges
Et par ses *filles du Carmel*.

VI

Gloire à l'Enfant qui, sous le chaume,
Fait tomber les Rois à genoux !
Gloire au Verbe de Dieu fait homme,
Qui, naissant, a besoin de nous !

— Après la fête de la Table,
Où sera le divin repas,
Toujours la fête de l'Étable
Sera la plus douce ici-bas !

Château de Marzan, 20 décembre 1875.

REMERCIEMENTS

A l'auteur du noël qui précède, improvisés par sœur Saint-Augustin, et chantés le même jour par deux carmélites de la même maison.

AH ! de ce beau noël qui fera la louange ?
Il est doux à l'oreille, il est plus doux au cœur.
On dirait que le Ciel, par la voix de son ange,
De l'Enfant-Dieu nous peint la suave douceur.

Noël, fête charmante,

Oh ! comble l'ami du Carmel

De ta grâce touchante,

Noël, ô doux Noël !

Noël fête du ciel !

Bienvenue à l'ami visitant la montagne
Où son oiseau chéri s'est fait un nid d'amour !
Pouvait-il demeurer en la rase campagne ?
Non, non, plus près du Ciel il voulait son séjour.

Noël, fête charmante, etc.

Nous les avons chantés, ces vers pleins d'harmonie,
Éclos au saint Berceau, chant débordant du cœur.
D'une muse sacrée est-ce le doux génie ?
Mon Dieu, daigne en bénir l'aimable et cher auteur.

Noël, joyeuse fête,

Noël, qui charmes les élus,

Sur la terre reflète

L'image de Jésus,

De notre aimé Jésus !

Jésus, consolateur des âmes en détresse,

Vole vers notre ami, comble-le de douceurs ;

Habite sa maison, donne-lui ta tendresse,

Pour lui rendre *une épouse, une fille* et *deux sœurs !*

Va, comble d'allégresse

Ce cœur fidèle et bien à toi !

Oui, ton amour le presse,

O notre petit Roi,

Ce cœur qui bat pour toi !

Carmel de Saint-Brieuc, jour de Noël 1875.

Nantes. — Imp. Vincent Forest et Emile Grimaud, place du Commerce, 4.